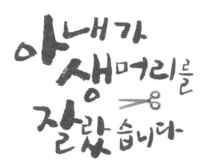

아내가 생머리를 잘랐습니다

유동효 詩集

아내가 생머리를 잘랐습니다

초판 1쇄 발행 2018년 11월 1일

지 은 이   유동효
발 행 인   권선복
편   집   전재진
디 자 인   서보미
전 자 책   서보미
발 행 처   도서출판 행복에너지
출판등록   제315-2011-000035호.
주   소   (07679) 서울특별시 강서구 화곡로 232
전   화   0505-613-6133
팩   스   0303-0799-1560
홈페이지   www.happybook.or.kr
이 메 일   ksbdata@daum.net

값 15,000원
ISBN 979-11-5602-656-3   03810

Copyright ⓒ 유동효, 2018

도서출판 행복에너지는 독자 여러분의 아이디어와 원고 투고를 기다립니다. 책으로 만들기를 원하는 콘텐츠가 있으신 분은 이메일이나 홈페이지를 통해 간단한 기획서와 기획의도, 연락처 등을 보내주십시오. 행복에너지의 문은 언제나 활짝 열려 있습니다.

아내가 생머리를 잘랐습니다

유동효 詩集

암을 이겨낸 아내에게 띄우는 희망의 연애편지

도서
출판 행복에너지

최대집 | 대한의사협회장

따뜻하다. 이 책의 마지막 장을 덮고 난 뒤 잔잔하게 울려오는 느낌이었습니다.

저는 의사입니다. 그러나 저는 머지않은 미래에 의사라는 직업이 없어졌으면 좋겠습니다. 의사라는 직업이 없어진다는 것은 아픈 사람이 없다는 얘기겠죠. 그러나 아직은 병이 존재하고 그중 암이라는 고약한 녀석이 많은 환자들을 괴롭히고 있습니다. 우리 의사들은 시인의 부인처럼 암이 완치되어 가족으로 돌아갈 수 있도록 옆에서 최선을 다해 돕고 있습니다.

암 선고를 받는다는 것은 여전히 평온하게 살아가던 우리의 일상과 분리되어 환자가 한 순간에 말 못할 고통을 경험하는 출발점이 됩니다. 다행히 그 출발점에 혼자 서 있지는 않습니다. 환자와 가족과 의료인이 서로 든든하게 버티어주며 같이 헤쳐가면, 제아무리 지독한 병마라 해도 우리는 지치지 않고 싸울 수 있습니다.

대한민국의 의료수준은 세계적인 수준입니다. 그러나 국내의 의료 여건은 달라진 우리의 국가 위상에 비해 그리 좋지 못한 상황입니다. 저수가로 인해 특정 과에만 의사들이 몰리고, 위험부담이 있는 외과계열은 지원을 기피하는 현상이 두드러지고 있습니다. 보사연 연구결과에 따르면 2020년부터 수급 불균형이 발생하여, 2025년에는 외과 의사 부족으로 인한 의료공백 사태가 우려된다는 내용이었습니다.

이대로라면 앞으로 암환자를 수술할 의사가 부족한 끔찍한 상황이 연출될 것입니다. 하루빨리 정부 지원과 정책 수립으로 인해 외과계열에 많은 의사들이 지원할 수 있는 방안이 모색되었으면 좋겠습니다.

업무의 강도와 근무 여건 때문에 투철한 봉사의식이 없다면 오랫동안 근무할 수 없는 직종이 바로 의료인 입니다.

시집 『아내가 생머리를 잘랐습니다』의 시적 대상에 대해 의료인인 저로서는 그 고된 일상과 봉사하는 일상의 민낯을 너무도 잘 알기에 절실히 공감할 수밖에 없습니다.

우리 의료 상황의 현장을 누구보다 잘 알기에, 그리고 그런 의료 상황의 현실에도 불구하고, 좀 더 나은 세계 의료 여건을 위해서 대한민국의 의료인들이 앞장서고 있음을 알기에 마음속에 울림이 컸습니다.

시집 『아내가 생머리를 잘랐습니다』를 읽어 내려가다 보면, 건강한 우리가 사랑으로 채워나갈 수 있는 환우 가족과 이웃에 대한 여백이 보입니다.

그래서인지 이 시집의 사이사이에는 빈 편지지가 있습니다. 시를 읽어 내려가는 동안, 누구를 향해, 무엇으로 그 여백을 채워나갈 것인지를 고민했습니다. 깊어가는 가을, 가까운 암 환우 가족이나 이웃에게 오늘 짧은 편지를 띄워 이 시집과 함께 전하고픈 마음을 여러분과 나누고 싶습니다.

백남선 | 이대여성암병원 병원장

오늘날 현대인들은 평균 수명이 점점 늘어서 100세 시대를 맞이하고 있습니다. 그러나 수명이 늘어남에 따라 암 환자의 발병률도 또한 높아져서 기대수명까지 생존 시 남성은 5명 중, 2명, 여성은 3명 중 1명이 암 환자가 되는 것이 현실입니다.

직업상 매일 암 환자들을 만나고 수술해주고 있는 저는 암 환자들의 슬픔과 고통을 가까이서 경험하고 있습니다. 다행스럽게도 예전에 비해 암에 대한 기술도 좋아지고 암을 바라보는 시선도 많이 바뀌고 있습니다.

예전에는 암은 완치하기 가장 힘든 병이었습니다. 그러나 다행스럽게도 한국은 의료기술의 발달로 5년 이상 생존율이 70%가 넘고 있습니다. 이제 암은 더 이상 죽음의 병이 아닌 것입니다. 조기 발견과 관리만 잘 해주면 건강을 회복할 수 있고 완치될 수도 있습니다.

암 수술 후 회복하는데 가장 중요한 것은 가족들의 사랑과 보살핌입니다. 유동효 시인의 시집『아내가 생머리를 잘랐습니다』를 읽으면서 암 환자에게 가장 필요한 것은 무엇인지를 정확히 알고 있었기에 회복이 그만큼 빨랐다고 생각합니다.

이 시집은 암 환자를 정서적으로 어떻게 케어해야 하는 지를 모범적으로 잘 그려내고 있습니다. 암 선고를 받고 나서부터 수술, 그리고 회복기와 현재에 이르기까지 시인은 따뜻한 사랑의 시선과 돌봄으로 아내를 바라보고 있습니다.

이 연작시집을 읽으면서 내내 행복했습니다. 서로 사랑하는 사람들을 옆에서 지켜본다는 것은 흐뭇하고 감사한 일입니다.

환우들에게는 가족의 사랑이 가장 좋은 약입니다. 가슴 따뜻해지는 글들은 따스한 봄볕의 온기만큼이나 환우들에게 좋은 치료제가 될 것입니다.

일반인들, 환우가족들에게 이 시집의 일독을 권합니다.

손인석 | 대한남자간호사회 회장

"아내는 간호사입니다. 3교대를 하며 몸이 힘들 텐데도 전혀 힘들다는 내색을 하지 않았습니다. 일주일 내내 직장생활 하고 나서도 토요일마다 쉴 수 있도록 주중에 일을 몰아서 하고, 토요일이 되면 무의촌을 찾아가서 환자들을 돌보았습니다."

연작시집 『아내가 생머리를 잘랐습니다』를 감동과 공감 가운데 읽었습니다. 특히 위의 시 「아내는 간호사입니다」가 눈에 들어왔습니다.

간호는 육체적으로도 정신적으로도 힘든 직업입니다. 남자간호사들도 때로는 힘들어 하는 일들을 연약한 여자의 몸으로 감당하면서도 주말마다 무의촌 자원봉사까지 해낸 저자의 아내에 대해 감탄과 경이로움의 시선을 보내게 됩니다.

"근무하는 병원에서도 아내는 혹시 응급으로 해줘야 될 것은 없나? 혹시 아픈데도 참고 있는 것은 아닌가? 늘 환자들의 얼굴을 살피며 살아 왔습니다."

주어진 오더(처방) 뿐만 아니라 늘 환자들의 얼굴을 살피며 케어하는 간호사의 모습을 잘 담아낸 이 연작시집이, 힘든 근무 여건 속에서도 사명감으로 일하고 있는 많은 이들에게 힘이 되어줄 것을 기대합니다.

3년 전, 두 자녀를 키우고 있는 친구가 유방암이 곳곳으로 전이돼 시한부 선고를 받았습니다. "길면…, 1년 이래" 라고 오히려 웃으며 얘기하는 그 친구의 말은 드라마에서나 나오는 대사처럼 느껴졌습니다. 그런데 그 이후 전 그 친구에게 선뜻 다가가지 못했던 기억이 납니다.

암은 그런 병이더군요. 어떤 위로를 해야 할지 어떻게 이 친구를 대해야 할지 방법을 잘 몰랐습니다.

그렇게 그냥 3개월쯤 흘렀을까…. 비로소 '그래, 오늘이 아프지 않았던 어제였던 것처럼 대해주자.' 하며 생각했을 때는 그 친구를 보내줘야 했습니다.

저는 아무것도 해주지 못했다는 생각에 영정 사진 앞에서 얼마나 펑펑 울었는지 모릅니다. 그래선지 사랑의 눈빛으로 하루하루 용기와 희망을 북돋아 주는 게 먼저라는 큰 주제를 담은 유동효 시인님의 시집은 더 마음에 다가옵니다.

이제는 불치병만은 아닌 극복할 수 있는 병, '암' 환우 분들을 대해야 하는 수많은 분들에게 마음의 방향을 잡아 나갈 수 있는 잔잔한 울림이 될 수 있으리라 믿습니다.

오늘 하루도 함께 나눌 수 있는 축복된 시간을 보내고 계실 모든 암 환우 가족들을 응원합니다.

content

1부

연작시

아내가 생머리를 잘랐습니다

엄마 냄새

인생은 가슴 뛰는 선물입니다

살 만한 인생

아내가
생머리를
잘랐습니다

긴 생머리

연애 시절
긴 생머리가 참 예쁘네요.
무심코 건넨 나의 한마디에
아내는 생머리를 고이 길렀습니다.

처음 만났을 때
어깨까지 오던 생머리가
등 뒤에까지 오도록
아내는 생머리를 길렀습니다.

아이 둘을 연년생으로 낳고
그 손 많이 가는 두 아이들의
뒤치다꺼리를 하면서도
아내는 긴 생머리를 가꾸었습니다.

연애 시절 이후로
긴 생머리가 예쁘다
말한 기억이
별로 없음에도

남편이 다시 건넬
"참 예쁘다",
말 한마디 기다리며
아내는 긴 생머리를 가꾸었습니다.

한마디

한두 번은 기억이 납니다.
아이들 키우다 보면 긴 머리가 너무 힘들다며
머리 잘라도 되느냐고 물어보았던 기억이.

그다지 곰살스럽게
예쁘다는 추임새 한번 안 해주면서도
아내의 짧은 머리는 싫었나 봅니다.

안 돼!
그 한마디에 아내는
불평 한마디 없이 긴 생머리를 가꾸었습니다.

아내가 생머리를 잘랐습니다.

그러던 어느 날
말 한마디 없이
아내는 생머리를 잘랐습니다.

여느 때와는 달리
퇴근하고 돌아온
남편 얼굴을 쳐다보지도 않고

핏기 없는 얼굴에
힘없는 목소리로
한마디 했습니다.

"나 머리 잘랐어."

잘했어
라고 말하고 싶었지만
아무 말도 할 수 없었습니다.

그 한마디 말에 담겨 있는
아내의 아픔을
알기 때문이었습니다.

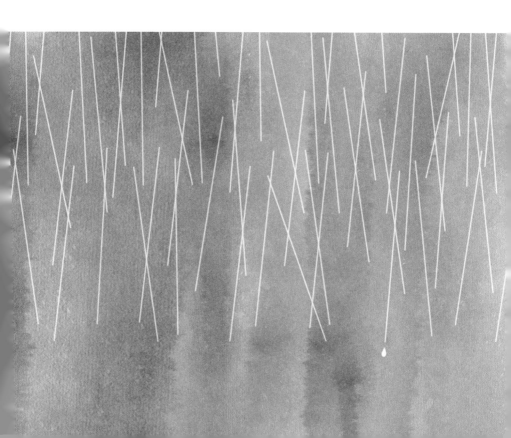

정리

아내는 생머리만 자른 게 아니었습니다.
아내는 물건을 정리하기 시작했습니다.

있어도 어차피 입지도 않아요.
자리 차지만 하고

이 옷은 두꺼워서
이 옷은 너무 얇아서

이 옷은 비슷한 것이 있어서
이 옷은 앞으로 입을 일이 없어서

아내의 옷장은 넓어지기 시작했습니다.
아내의 신발장도 텅텅 비기 시작했습니다.

아내 앞에서 눈물을 삼키며
소리 내어 울지도 못하고

그저 촉촉한 눈매로
아내의 행동을 지켜볼 수밖에 없었습니다.

내가 울면
아내가 더 괴롭다는 것을 알기 때문이었습니다.

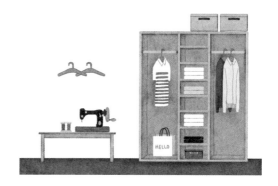

아내는 간호사입니다.

아내는 간호사입니다.
3교대를 하며
몸이 힘들 텐데도
전혀 힘들다는 내색을 하지 않았습니다.

연애 시절
일주일 내내 직장생활 하고 나서도
아내는 무의촌을 찾아가
백의의 천사 활동을 했습니다.

토요일마다 쉴 수 있도록
주중에 일을 몰아서 하고
토요일이 되면 무의촌을 찾아가서
환자들을 돌보았습니다.

남을 생각하는 마음이
눈곱만큼도 없던 나로서는
아내의 그런 면이 좋았습니다.
아내를 존경하며 결혼을 결심했습니다.

암환자들은 정말 불쌍해

오늘도 어떤 할아버지가 돌아가셨어
돌아가시기 전에
할아버지 많이 힘드세요?
한마디에

죽기도 힘들어
하시면서도
내가 잡아 주는 손을 물끄러미 바라보며
고마워하시다가 돌아가셨어.

암환자들은 정말 불쌍해.
수술에 항암제에 방사선에
고생은 고생대로 하고
결국은 다 죽어.

아내는 남의 죽음에도
눈이 퉁퉁 붓도록 우는,
저와는 전혀 다른 별에서 온
천사였습니다.

여보, 나 암이래

네? 얼서[1]가 아니고
캔서[2] 라고요?

아내의 다급한 목소리가
거실에서 울려왔습니다.

괜찮아요. 저 간호사예요.
사실대로 다 말해주세요.

아내는 몇 분의 통화가 끝난 후
안방으로 들어왔습니다.

여보, 나 암이래.
내일 보호자랑 같이 병원으로 오래.

일주일 전 아내는 소화가 안 된다며
위 내시경을 받는다고 했습니다.

----
1 궤양
2 암

남편이 유학시험에 합격해서
전 가족이 미국으로 가게 되었는데

미국 가기 전에 검사나 해 본다고
병원에 갔습니다.

아내는 검사받던 그날
이미 알고 있었나 봅니다.

"내시경을 통해서 본 내 위가
그토록 많이 보아 오던 암환자의 그것과 똑같았어."

검사결과가 나오는
일주일 동안 아내는

유약한 남편에게는
아무 말도 않은 채

혼자서 혼자서
두려움에 떨었을 것입니다.

어설픈 위로

아내가 암이라는 말을 듣는 순간
십 년 전에 아내가 했던 말이
제일 먼저 떠올랐습니다.

환자들은 너무 불쌍해
항암치료에 방사선에
고생만 죽도록 하다가 결국 다 죽어.

나는 암에 걸리면 절대 항암치료 안 할 거야!
몇 개월 몇 년 더 살기엔
항암치료의 고통이 너무 커.

무슨 소리야
요즘은 의술이 발달해서
십 년 전보다 생존율이 훨씬 높대.

문외한인 남편이
어설픈 지식으로
간호사 아내를 위로하고 있었습니다.

이제는

근무하는 병원에서도 아내는
혹시 응급으로 해줘야 될 것은 없나?
혹시 아픈데도 참고 있는 것은 아닌가?
늘 환자들의 얼굴을 살피며 살아 왔습니다.

집에서도 아내는
어리숙한 남편과
아직 손이 많이 가는 아이들의
얼굴을 살피며 살아 왔습니다.

이제는 내가
아내의 얼굴을 살피며
아내를 보호해야 합니다.
진작 했어야 할 일이었습니다.

절규

아내는 의연했습니다.
입원날짜를 받아 놓고
주변을 정리하기 시작했습니다.

투병생활 하려면
긴 생머리는
너무 거추장스러워.

상의도 안 하고
내 맘대로 머리 잘라서
미안해 여보.

자기 마음 추스르기도 힘들
암환자 아내가
철부지 남편을 위로하고 있었습니다.

바보야, 뭐가 미안해
네 맘대로 해
네가 하고 싶은 대로 다 해.

이기적인 남편은
지금까지 뭐든지
자기 뜻대로만 하던 남편은

뒤늦게야 아내에게
네 맘대로 다 하라고
마음속으로 절규하고 있었습니다.

생존

무뚝뚝한 남편이
애정표현 없는 남편이
자신의 생머리를 보며
문득 연애 시절을 떠올리고

'예쁘다',
한마디 해 주기를 기다리며
고이 간직해 오던
생머리를 잘랐습니다.

아내가 생머리를 자른 것은
남편의 말 한마디라는
부질없는 것을 기다리는
기대와의 결별이었습니다.

사랑 타령을 하고 있기엔
상황이 너무나 급했습니다.
남편의 애정을 기다리고 있기엔
치러 내야 할 투병생활이 더 다급했습니다.

아내는
고이 길러 온
생머리를 잘라내고
생존을 붙잡았습니다.

단 하루라도

몇 개월 몇 년 더 살기엔
항암치료의 고통이 너무 크다던 아내는
마음을 바꾸었습니다.

여보 나 수술받고
항암치료도 방사선도 다 받을래.
우리 애들 놔두고 이렇게 빨리 갈 순 없어.

일 년,
아니 한 달,
아니 단 하루라도

우리 애들 곁에서
더 살 수만 있다면
뭐든지 다 할래.

어느 날

어느 날 퇴근하고 돌아오자
아내가 아이들을 붙들고
울고 있었습니다.

여섯 살짜리 딸이 울며
오빠에게 말하고 있었습니다.
엄마가 이제 우리랑 떨어져서 병원에 간대!

엄마 많이 아프대
이제 우리는 아빠랑
셋이서만 있어야 한대!

아아.
그 모습을 보며 나는
해서는 안 될 말을 해버리고 말았습니다.

뭐하러 그렇게 가슴 아픈 말을
아무 것도 모르는
어린 아이들에게 했어

아이들에겐 엄마가 여행 간다고
내가 다 말해놨는데
왜 애들 마음을 아프게 해

수술하다가 잘못되어 죽을지도,
중환자실에서 눈을 못 뜨고
다시는 아이들을 못 볼지도,

병원에서 마지막 순간에
의식 없이 아이들과 마주할지도
어떤 상황이 올지 모르기에

아내는 사랑하는 아이들과
어쩌면 마지막이 될지도 모를
작별을 하고 있었습니다.

생애 마지막으로
아이들에게서
엄마 사랑해요

위로의 말을 듣고
힘을 내고 싶었는지도
모를 일이었습니다.

그런 아내에게
남편이란 작자가
기껏 한다는 말이

그런 말을 왜 했어!
그런 말을 왜 했어!
너희들 방에 들어가

남아 있는 아이들에게
지금 당장 상처를 안 주겠다는
그 짧은 생각이

아내에게 돌이킬 수 없는 상처가 된다는 것을
돌이킬 수 없는 한이 될 수도 있다는 사실을
왜 몰랐을까요?

왜 내가 그때 그 순간에 집에 돌아와서
아내와 아이들의 소중한 순간을
망쳐놓았을까요?

아내의 마음은 읽지 못하는
한없이 부족하고
철없는 남편이었습니다.

병원으로 가는 길

아내는
간단한 짐만 가방에 싸고는
담담하게 집을 나왔습니다.

그전에는
아픈 환자들을 돌보기 위해
병원으로 가던 발걸음에서

이제는 본인이 환자가 되기 위해
남편의 차 옆 좌석에서
병원으로 향합니다.

병원으로 가는
한 시간 동안
부부는 아무 말도 할 수 없었습니다.

흔들리는 어깨

환자복을 입은 아내는
누가 병문안을 와도 활짝 웃으며
오히려 위문 온 사람들을 위로하는
이상한 환자였습니다.

그러나
위문 온 사람들이 돌아간 후에
망연자실한 표정으로 앉아 있는
아내의 혼잣말을 들었습니다.

내가 살아있을 때
마지막으로 얼굴이라도 보려고
그동안 소식 끊겼던 사람들도
다 찾아오는구나.

아내의 나약한 어깨는
한없이 흔들리고 있었습니다.
절대 소리 내는 일 없이
어깨만 흔들리고 있었습니다.

강인하기만 한 아내는
왜 남편인 내 앞에서
엉엉 소리 내어
울지 않았던 것일까요.

얼마나 미덥지 않았으면
가장 가까운 남편 가슴에
얼굴을 대고
꺼이꺼이 울지 않았던 것일까요.

나 자신이 미웠습니다

아내가 속마음을 말한 적이
딱 한 번 있었습니다.

수술 이틀 전 병원 정원을 산책하면서
아내는 갑자기 울음을 터뜨렸습니다.

"저렇게 건강하게
걷고 있는 사람들이 부러워"

아무런 도움이 못되는 남편은
말없이 아내를 껴안고

같이 우는 것밖에
할 수 있는 것이 없었습니다.

무능한 나 자신이 미웠습니다.
정말 미웠습니다.

수술 동의서

수술 전날
수술 동의서에 사인을 했습니다.

수술 동의서의 내용들은
하나같이 무시무시한 것들뿐이었습니다.

환자 앞에서 동의서를 읽어 내려가는
레지던트의 입장도 곤혹스럽겠지만

아내의 찢어지는 가슴을
어떻게도 보호해 줄 수 없는

무능한 나 자신이
미웠습니다.

'수술 중 불가항력적인 상황이 닥쳐서
환자가 소생치 못하고 사망한 경우에는

환자의 보호자는 민형사상의 어떠한 책임도
의사와 병원에 묻지 않는다.'

이런 동의 없이 어떻게 의사가 자신 있게
수술을 집도할 수 있으랴마는,

'우리 의료진은 최선을 다하겠으니
환자는 의료진을 믿고

편하게 수술에 임하십시오.'
이런 서약서를 만들 수는 없을까요?

입원하기 전의 하루하루가
불안과 무서움으로 피를 말리는 날들이었다면

병원에서의 하루하루는
전쟁 전야의 공포로

심장이 다 무너져 내리는
고통의 날들이었습니다.

두 마음

수술 당일의 아침은
두 마음이 싸우는 날입니다.

빨리 수술실로 내려가서
암을 떼어 버리고 싶은 마음,

혹시 수술하다가 깨어나지 못할까 봐
수술하는 시간이 영영 오지 않기를 바라는 마음,

내 마음의 갈등과는 상관없이
수술 시간은 어김없이 다가오고 있었습니다.

인생은 아름다워

병원 직원들에 이끌려
수술실로 가는 침대에 누워서도
아내는 나를 보며 웃고 있었습니다.

보호자가 더 이상 따라 들어갈 수 없는
수술실의 마지막 문으로 들어가면서도
아내는 웃으며 나에게 손을 흔들었습니다.

왜 아내는 끝까지
힘들다 아프다 무섭다 죽기 싫다
한 번도 내색을 안 하는 것일까요?

얼마나 남편이 미덥지 않았으면
무섭고 두려운 속내를
전혀 드러내지 않았던 것일까요?

마치
영화 '인생은 아름다워'의

한 장면을 보는 것 같았습니다.

나치의 유대인 수용소에서도
아들에게 무한히 용기와
즐거움을 주는 아빠,

한 번도 아들 앞에서
웃음을 잃지 않고
든든한 아빠의 모습을 간직하는 영화.

마지막으로 죽게 되면서도
'이건 다 게임이야
절대 밖으로 나오지 마!'

곧 들통날 거짓말들이지만
아들을 사랑하기에
아들을 안심시키기 위해

노력하고 애쓰며 항상 웃는 아빠의 모습을
수술실에 들어가는 아내에게서
읽을 수 있었습니다.

기 도

아내를 수술실로 들여보내고
아무것도 할 수 없는
나약한 남편은
기도할 수밖에 없었습니다.

하나님
남을 위해 사랑을 베풀고
그저 착하기만 한 아내에게
왜 암을 주셨습니까?

내가 암에 걸렸으면
도저히 그 두려움과 공포를
견딜 수 없다는 나약함을 아시기에
나 대신 아내에게 암을 주신 것입니까?

하나님
미국으로 유학 가는 것
다 포기하고
내려놓겠습니다.

아내의 목숨이 경각에 달려 있는데
몇 달을 더 살지
일 년을 더 살지
이 년을 더 살지 모르는 아내를 놔두고

내가 무슨 부귀영화를 누리겠다고
내가 무슨 출세를 하겠다고
혼자 미국으로
유학을 가겠습니까?

하나님
배를 열었더니 암이 너무 퍼져
손쓸 수가 없어
그냥 덮고 나오는 일은 없게 하옵소서!

하나님
아내가 식물인간이 될지라도
그저 내 옆에서
평생을 누워 숨만 쉬고 있을지라도

제발
목숨만은
거두어 가지 마세요.
제발 부탁입니다.

수술실 앞에서 마주한 시간

수술실 앞에서 마주한 시간은
인간의 나약함을
절실히 느끼는 시간

아무리 사랑하는 사람이라도
내가 아무것도 해 줄 수 없음을
느끼는 시간

더 사랑해 주지 못한 것을
아쉬워하는
참회의 시간

행복할 수 있는 상황에서도
불평하며 화내며
속을 끓이며 살아왔던 일

욕심이 끝이 없어
현실에 만족하지 못하고
뜬구름만 바라보며 살아왔던 일

남편의 시선을 한없이 기다리며
따스한 말 한마디 건네주길 바라는
아내의 마음을 알아주지 못했던 일

수술실 앞에서 마주한 시간은
내가 잘못 살아온 인생과 처절하게 만나는
참회의 시간

이상한 환자

아내는 수술 후
회복 중에서조차

혹시라도 의사 간호사들이
자기 때문에 힘들어할까 봐

조심조심 행동하는
특이한 환자였습니다.

몸이 아프면 짜증을 내기 마련이고
이유 없이 화도 내기 마련이고

내가 왜 병에 걸려야 하느냐 분노하며
마음과는 다른 행동을 하게 마련인데

병원의 지시에 한발 앞서서
잘 따르는 착한 환자였습니다.

행여 같은 병실 환자들에게
간호사라는 게 들통날까 봐

무슨 간호사가 자기 관리를 저렇게 못 해,
자기 때문에 간호사 전체가 욕을 먹을까 봐

쓸데없는 걱정을 하는
이상한 환자였습니다.

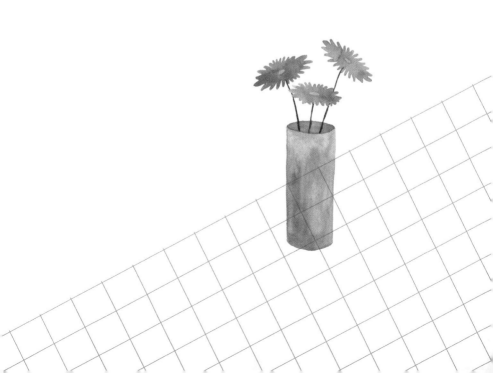

퇴원

아내가 퇴원을 했습니다.
수술한 지 일주일 만이었습니다.

아직 죽도 잘 소화하지 못하고
조금만 먹어도 토하기만 하는

아내를 부축해서
퇴원을 해야만 했습니다.

암 수술을 기다리는 다른 환자들이
일주일에도 천 명씩 줄 서서 대기하고 있어요.

내가 빨리 병실을 빼 줘야
다른 환자들이 수술을 할 수 있어요.

아내는 퇴원을 하면서도
다른 환자들을 배려하는

이상한 환자였습니다.
천상 간호사였습니다.

요양원

구름이 걸려 있는 산등성이를 넘어
차창 밖 굽이굽이 한참을 돌아
신선이나 살고 있을법한 골짜기에
아내와 함께 도착했습니다.

황토로 만들어진 방에 들어서며
아내가 오랜만에 웃습니다.
"아이고 바닥이 참 따뜻하네
한숨 자야겠다"

늘 조심하고 마음 졸이던 아내는
항암치료에 좋다는
암환자들의 요양원에 와서야
따뜻한 방바닥에서 이내 코를 곱니다.

여기까지 온 사람들은
모두가 암환자
그리고 그의 남편
또는 아내,

앞서거니 뒤서거니 세상을 떠날지
아니면 기적처럼 나아서
그리운 가족 품으로 돌아갈지
아무도 모를 일이지만

암 투병하며
다들 눈치만 보고 살다가
같은 처지의 환자들이 모여 있는 것만으로도
위로가 되나 봅니다.

집에서 병수발을 했으면
어두운 집안 분위기에서
감히 엄두도 내지 못했을
웃음이 여기에는 있습니다.

유방절제를 한 사람도
배에 십자로 수술자국이 있는 사람도
다같이 일주일에 한 번씩
공동 목욕탕을 갑니다.

너도나도 다 암환자이니
감히 드러내지 못할 자기의 몸을
부끄럼 없이 드러내 놓고
서로 등을 밀어주며 웃을 수도 있습니다.

병원에서 받아 온 약보다도
항암치료에 좋다는 약재로 만들어진 채식 밥상보다도
어쩌면 웃음이
더 좋은 보약인지도 모르겠습니다.

웃음소리를 들으니
이런 생각이 들었습니다.
어쩌면
병이 나을지도 모르겠습니다.

재회

한 달 만입니다.
아이들이 비행기를 타고
엄마를 찾아서 내려옵니다.

십여 년 전 명절날
차례 상 차리러 하루 먼저 시댁으로 내려간
누나를 대신해서

조카들 손을 잡고
서울에서 시골의 누나에게
데려다준 적이 있습니다.

그 조카가 커서
이제는 내 아이들 손을 잡고
서울에서 시골로 아내에게 데리고 옵니다.

유치원에 다니는
철부지 아들딸들은
저 멀리 엄마가 보이자

엄마! 엄마!
소리 지르며
종종걸음으로 달려옵니다.

얼마나 보고 싶은 엄마였을까요?
얼마나 불러보고 싶은 엄마였을까요?
얼마나 안겨보고 싶은 엄마였을까요?

얼마나 보고 싶은 아이들이었을까요?
이 아이들 못 보고 갈까 봐
얼마나 마음 졸였을 엄마였을까요?

이제 가족이 다시 모였습니다.
이제 다시는 헤어지는 일이 없어야겠습니다.
절대로 헤어져서는 안 되겠습니다.

어머니

아내와 아이들의
상봉을 지켜보며

초등학교 4학년 때 하늘나라로 먼저 가신
엄마를 떠올렸습니다.

내가 태어나기 전부터
지병이 있었던 어머니는

내가 열한 살이 될 때까지
내가 잠든 머리맡에서

이 자식 두고 내가 어떻게 가나
이 자식 두고 내가 어떻게 가나

얼마나 슬픔의 나날을 보내었을까요?
얼마나 고통의 밤들을 지새웠을까요?

어머니의 찢어지는 마음을
나도 애비가 되어보니 알겠습니다.

어린 자식을 두고 일찍 하늘나라로 가신
어머니의 애끓는 마음을

아내의 암 투병을 통해
조금이나마 알게 되었습니다.

열한 해

엄마와 열한 해를 같이 살았습니다.
그리고 어느 날
엄마를 떠나보냈습니다.

아내가 혹시라도 세상을 떠난다면
아내와도 열한 해를 꿈과 같이 살다가
떠나보내게 됩니다.

엄마와도 그러했듯이
엄마 같은 아내도
열한 해 만에 보내게 됩니다.

내가 평생 엄마의 품을 그리워하듯이
아이들도 엄마를 그리워하며 살겠지요.
엄마의 빈자리는 그 무엇으로도 채울 수 없습니다.

그런 일은 없어야 합니다.
그런 일은 절대로 없어야 합니다.
그런 일은 나 하나로 족합니다.

얼굴

엄마와 십여 분을 부둥켜안고
즐겁게 웃으며 뽀뽀하던 아이들이
요양원 앞 개울가로 뛰어갑니다.

엄마 여기 개울물이 너무 시원해요.
엄마는 좋겠어요.
이렇게 좋은 물에서 놀 수 있어서

엄마는 좋은 물을 바닷물만큼 가져다줘도
너희들을 만난 10분의 시간이
천만 배 더 좋단다.

아이들은 또 금새
예쁘게 난 풀을 뜯습니다.
풀벌레도 발견하고 신이 납니다.

와, 여기 너무 좋다.
재미있는 게 너무 많아
엄마, 우리 서울 가지 말고 여기서 살아요.

엄마는 너희와 함께 살 수만 있으면
서울이든 시골이든
어디든 행복하단다.

아이들을 사랑스런 눈으로 바라보며
싱긋이 웃고 있는 아내의 얼굴에서
돌아가신 엄마의 얼굴을 보았습니다.

여전히

암환자들은 불쌍해
고생만 죽도록 하다
결국엔 얼마 못 살고 다 죽어

아내가 안타까워하며 말하던
10여 년 전에 비해
의술이 발달한 게 맞나 봅니다.

무슨 소리야
요즘은 의학이 발달해서
암도 다 고칠 수 있어

의학에 문외한인
어설픈 남편의 말이
우연히 들어맞기도 하나 봅니다

아내가 수술한 지 10년
아내는 나보다 더 건강하게
잘 살고 있습니다.

그토록 사랑스러웠던 아내와
여전히 싸우기도 하고
여전히 상처도 줍니다.

아내와의 사랑을 다시 회복한 지
10년이 지났지만
나는 여전히 철부지 남편입니다.

이제는

아내는 더 이상 생머리를 기르지 않습니다.
생머리 대신 희망을 기르고 있습니다.

신혼 시절 아내에게 생머리는
남편의 사랑을 갈구하던 희망이었다면

이제는
아이들이 희망입니다.

아내는 생머리 대신
사랑을 키우고 있습니다.

그 사랑을 먹고
우리 아이들이 자라납니다.

세상의 모든 엄마에게
아이들이 사랑입니다.

아내의 마음에서 주인공 자리는
이미 아이들에게 밀려난 엑스트라 남편이지만

이제는 그런 아내를
내가 사랑합니다.

사랑만 하고 살기에도 인생이라는 시간은 넉넉하지 않습니다.
컴퓨터와 스마트폰의 발달로 어느새 손 편지는 사라진 시대가 되었지만
연작시집 『아내가 생머리를 잘랐습니다』를 읽고
사랑하는 이에게 못다 한 말을 손 편지로 전해 보세요.

2부

엄마

냄새

엄마 냄새

어릴 때 엄마가 돌아가셔서
엄마 냄새가 기억에 없다.

엄마 냄새 기억하는 사람들은
행복한 사람들이다.

행복은
이렇게 우리 주변에 널려 있다.

하지만
그 행복은

느낄 수 있는 사람에게만
그 존재를 드러낸다.

귀 파기

엄마는
내 귀 파주는 걸
마다하시지 않는데

아내는 왜
내 귀 파주는 걸
더러워할까?

엄마 와 우노?

낮잠을 자다가
문득 깨 보니
엄마가 울고 있었다.

엄마 와 우노?
어디 아프나?
아이다, 다시 자거라!

어른이 되어서야 알았다.
어머니께서 심장병을 앓았다는 사실을,
두통도 심해서 뇌신을 달고 사셨다는 사실을.

약을 오랫동안 복용해 내성이 생겨서
한 포 먹던 가루약을
서너 포씩 드시곤 했다.

지금도 살아 계시다면
엄마 와 우노?
묻지 않을텐데.

좋은 약 사드리고
좋은 데 모셔 가서
내 무릎을 베고 쉬게 해드릴 텐데…

아내

만삭이 된 아내를
집에서 쉬게 하지 못하고
오늘도 병원까지 태워다 주고 돌아온
어느 날 저녁,

무능한 남편 만난 탓에
남들처럼 잘 해주진 못할망정
야간근무를 하러 들어가는 병원입구를
그저 한없이 바라보고만 있다.

아기가 자꾸 커지니 엉덩이뼈를 누르는 탓에
집에서는 연신 허리를 두들기며 끙끙거리면서도
자기 손이 필요한 환자를 돌보기 위해
병원으로 달려간다.

내 집 마련을 한 2년 늦춘들
작은 차를 산들

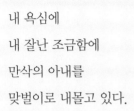

저축을 좀 덜 한들
그게 무어 그리 대수이겠느냐마는

내 욕심에
내 잘난 조금함에
만삭의 아내를
맞벌이로 내몰고 있다.

남편이란 언제나 든든한 바람막이어야 할진대
입덧 한 번 드러내놓고 하지 않고 숨긴 채
"그래도 배 속에 있을 때가 덜 힘들대요."
미덥지 못한 남편을 오히려 위로하고 있다.

아기를 가졌을 때부터 짓기 시작한
이름 석 자를 아직도 못 짓고
매일 저녁 끙끙대는 내 모습을 바라보며
아내는 행복을 느끼나보다.

자기 피와 살을 나눠
우리의 분신을 키우고 있는 아내는
돌아가신 어머니만큼 소중한
나의 사랑스런 여인.

화장실

우리 집 남자들
화장실에 오줌 제발 흘리지 좀 말아
아내의 목소리에 기가 죽는다.

아들놈이야 꿋꿋하게
자기 하고 싶은 대로 하지만
나는 기가 죽어 어느덧 앉아서 눈다.

거실 화장실 비데가 고장 나서
서로 차지하려고 늘 붐비는
비데 있는 안방 화장실.

혼자 쓰는 거실 화장실
나 혼자 쓰니 늘 냄새 안 나고
뽀송뽀송해서 좋네.

아빠는 일찍 일어나서 샤워하시고
우리 바쁜 시간에는 더운물 쓰지 마세요.
샤워하다가 깜짝깜짝 놀라요.

화장실 한 번 쓰는 데도
아내 눈치,
자식들 눈치 보는

나는
우리 집의 가장
아니 가졸家卒.

장기

아빠 장기 둬요!
그래, 한판만 두자!

아들과 장기 두면서도
끝까지 이기려고 봐주지 않는 나.

아직도 아빠 노릇 하려면 멀었다.
아직도 인간 되려면 한참 멀었다.

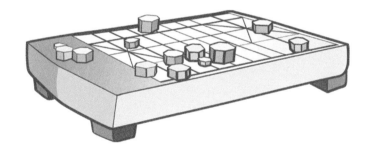

첫 아들

첫 아들이기에
기대가 많았다.

바르게 반듯하게 자라라고
엄하게 키웠다.

그것이 사랑이 아니었음을
뒤늦게 알았다.

남들은 착하다 순하다 하지만
나 때문에 힘들었을 아들.

부모 노릇보다
자식 노릇이 몇 곱절 힘든 것이었나보다.

시간을 되돌릴 수만 있다면
그때 그 시절로 돌아간다면

한없이 너그럽게 대해 주리라
모든 것을 감싸 안아 주리라.

딸

세상에 태어난 딸을 처음 본 순간
이 녀석 아까워서 어떻게 시집을 보내나
걱정이 앞섰다.

세상의 아빠들은 다들
결혼식장에서 아까워서 어떻게 신랑에게
딸을 넘겨주나,

결혼식 때 서러워서 울까 봐
벌써부터 큰 걱정이다.
눈물 참는 연습을 해야지

신생아를 놓고
그런 고민을 했던
나는 딸 바보.

아버지 학교

좋은 아빠가 되고자
아버지 학교를 갔다.
5주 훈련을 받으며
아버지를 증오하는 자식들이 많음을 알았다.

왜 옛날 아버지들은
바람피우는 것을 자랑으로 여기고
폭음과 손찌검을 예사로 하는 분이
많았을까?

나는 증오스러운 아버지를 만나지 않았지.
우리 아버지는 참 좋으신 분이셨어.
하지만 초등학교도 못 나온 아버지를
창피해하고 무시했던 치졸한 나를 발견했다.

아버지 학교는
내가 좋은 아버지가 되기에 앞서
내 아버지가 좋으신 분이셨고
나는 좋은 아들이 아니었음을 배우는 시간이었다.

조카

얼굴 허옇고 그저 사람 좋기만 한 조카 녀석이
어느새 커서 장가를 가
쌍둥이를 낳았다.

한 달 먼저 세상에 나와
산후조리원에서 한 달 있었지만
아직도 3킬로그램이 안 되는 쌍둥이들.

우는 소리도 너무 약하고
우유를 빠는 힘도 부족해서
몇 시간째 우유를 물고 있다.

어릴 적에는 비쩍 말랐지만
장가 간 뒤에 살찐 아빠를 닮아
건강하게 자라리라.

내 아들딸 키우던 시절 생각이 났다.
너무나 사랑스러웠지.
세상에서 제일 예쁜 아이들이었지.

자기 아이들을 바라보고 있는
조카와 며느리에게서
20년 전 내 표정을 보았다.

아직은

아직은 내 자녀들에게
도움이 될 수 있구나.

용돈이 필요할 때
손에 쥐어줄 수 있고

아침 일찍 학교 갈 때
학원에서 늦은 밤 집에 올 때

언제든지 대기하고 있는
너희들의 운전기사란다.

이미 아빠에 대한 신화는
깨어진 지 오래지만

그래도 아직은
너희들을 보살필 수 있어서 행복하구나.

내 자녀로 태어나줘서
너무나 고마운 우리 아이들

더 훌륭한 아빠가 되지 못해서
미안하구나.

반세기

딸아이가 화들짝 놀라며
호들갑을 떨면서 말한다.

아빠 올해로 벌써 반세기를 사셨네요.
정말 신기해요.

정신이 번쩍 들었다.
아직도 청춘인 줄 알았는데

그 옛날 어른들이
눈 깜빡했더니 육십이지만

그래도 마음만은
20대와 같다고 말씀하실 때

그냥 하는 얘기인 줄 알았는데
어느새 내 얘기가 될 줄이야…

앞으로는 백세 인생
그러면 이제 겨우 인생의 전반전을 끝냈을 뿐

남은 반세기를 향하여
힘찬 도약을!

모교

30여 년 만에 찾아간
고향의 모교

운동장의 모습도
조회대 옆의 수백 년 된 나무도

교장 선생님이 훈화하시던 조그만 조회대도
학교 건물의 위치와 층수도 그대로인데

그 넓던 학교 가는 길이
어찌 이리도 좁은지…

한 바퀴 돌면 숨이 턱에 차던 운동장은
또 왜 이리 작은지…

하늘까지 닿을 것 같던 나무는
왜 이리 키가 줄었는지…

아아,
세월이 나를 속인 것일까?

추억은 추억으로 남겨둠이
아름답다.

남한과 북한

초등학교 2학년 때
갑자기 이런 생각이 들었다.

남한도 북한이 못 산다고 하고
북한도 남한이 못 산다고 하는데

과연 누가 정말로 못사는 걸까?
내가 가서 직접 보기 전에는 어떻게 알까?

친구들에게 이런 말을 했더니
"그런 말 하지 마라 잡혀간다."

어른들에게 물어봐도
"쓸데없는 생각 말고 공부나 해라!"

나는 남과 다른
감수성 있는 아이였을까?

아니면 의심 많고 부정적인
반항아였을까?

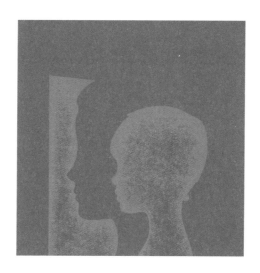

결석

잦은 지각으로
학교에 부적응했던 나

결국 선택한 것이
초등학교 1학년의 의도된 장기결석

아침에 학교 간다고 집에서 나와서는
아무도 몰래 다락방에 가서 공상을 하다가

친구들이 돌아올 시간에 다시 대문 밖으로 나가서
학교 다녀왔습니다.

한 달을 결석하는 데도
가정방문을 오지 않은 선생님

지각만 하던 학생이
퍽 미웠나 보다

수업 분위기 깨느니
차라리 안 오는 게 낫다고 생각하신 걸까?

한 달이나 결석한 학교를
스스로 다시 나가기는 어린 마음에 힘들었다.

이 일탈이 빨리 발각되었으면,
한 달이 넘도록 마음만 졸이던

어릴 적 내 자화상
지워버리고 싶은 추억의 한 조각

부모님은 마음의 고향입니다.
가족은 이 땅에서 행복을 누리는 천국입니다.
우리 모두 시인이 되어 부모님과 가족사랑을 자신만의 언어로 표현해
보세요.

3부

인생은
가슴 뛰는
선물입니다

인생

젊었을 때는
세상이 그저 답답해 보였다.

직장상사들을 봐도
그저 한심하게만 보였다.

반세기를 살아온
지금,

인생이 결코 만만한 게 아니었음을
이제야 알았다.

행복의 거리

행복은

먼 데 있지 않다.

내가 느끼는 만큼의

거리에 있다.

그래

돈을 떼였을 때,
승진에서 누락되었을 때,

상실감으로 잠 못 이룰 때,
여러모로 마음이 힘들 때,

문득 떠오른 생각,
그래! 처음부터 내 꺼 아니었네.

이 세상에 올 때,
맨몸뚱이 하나로 왔잖아.

억울한 일이 있을 때,
빈손으로 왔다는 걸 기억한다면,

지금의 상실에 아파하지 않는
마음의 평안을 보상으로 얻으리라

꿈

나이 오십에 의사면허를 따고
새 출발을 한다는 사람의 이야기를
신문에서 읽었다.

평생 식당 일을 하며 힘들게 살았지만
문학의 끈을 놓지 않고 나이 육십에 시인이 된
어느 여인의 인터뷰를 라디오에서 들었다.

칠십 세의 나이에 암수술을 이겨내고
평생의 소원인 음식점을 연 사람을
책에서 보았다.

세상은 꿈을 이룬
작은 거인들이 있기에
살 만한 곳.

하고 싶은 일

하고 싶은 일을 못 하고 죽는 것은
참 슬프지요.

하고 싶은 일을 평생 소원하다가
언젠가는 그걸 하고야 마는 사람들이 많지요.

뒤늦게라도 소원을 이루어서
다행이지만

잃어버린 시간에 대한 보상은
어디서 받을 수 있나요?

공부도 때가 있다고들 하지요.
하고 싶은 일도 때가 있어요.

하고 싶을 때 꼭 하세요.
세월은 기다려주지 않아요.

그때가 좋은 나이였는데

하고 싶던 꿈을 이루고 싶어
나이 서른에 직장을 관두고
다시 대학을 가볼까 심각하게 고민했다.

그런데 스무 살 학생들과
같은 강의실에서 같은 캠퍼스에서
같이 어울릴 자신이 없었다.

대학공부를 다시 하기엔
이미 나이가 너무 많다고 생각했다.
그래서 용기를 접었다.

나이 오십이 되어보니
서른,
그때는 못할 게 없는 나이였는데

설사 마흔이었어도
좋은 나이였는데,
그때가 좋은 나이였는데

인생은 가슴 뛰는 선물입니다

선물을 선물인 줄 모르고
살아가는 사람이
얼마나 많은지요.

선물은 받는 사람이 느끼는
감사의 크기에 따라
가치가 달라집니다.

아무리 귀한 선물도
받는 사람이 하찮게 여기면
그 가치가 떨어지고

아무리 보잘 것 없는 선물도
받는 사람이 감사하고 기뻐하면
소중한 선물이 되는 것입니다.

자기에게 주어진 하루하루를

감사로 채워가는 사람도 있고
아무 의미 없이 낭비하는 사람도 있습니다.

아침에 깨어날 때
새날을 맞이하는
기쁨으로 일어나고

직장에 출근할 때
오늘도 일할 수 있는 곳이 있음에
기쁨으로 발걸음을 내딛고

누군가를 만날 때
함께할 수 있는 사람이 있음을
감사한다면

그렇게 살아가는 이에게는
인생은 정말
가슴 뛰는 선물이 될 것입니다.

나의 일상이
어제 세상을 떠난 그 누군가에게는
그토록 갖고 싶은 소원입니다.

이제는

어릴 때는,

가난으로 작은 것 하나에 만족했고,
가난으로 서로 아껴주었고,
가난으로 비교하지 않았고,
가난으로 사람 사는 맛이 있었는데,

이제는,

풍요로 기쁨이 사라지고,
풍요로 소중함을 모르고,
풍요로 감사함을 모르고,
풍요로 사람 사는 맛이 사라진다.

강함과 부드러움

입속에서 가장 강한 이빨은
음식물을 잘게 부수지만,
부드러운 혀보다 수명이 길지 못합니다.

이빨로 씹는 즐거움도 있지만,
부드러운 혀가 느끼는
다양한 맛의 즐거움을 이기지 못합니다.

나이를 먹으면 단단했던 이도 빠지듯이
모질고 강했던 마음을 누그러뜨리고
부드러운 혀로 인생의 깊은 맛을 말하며 삽시다.

강함으로 남을 굴복시키는 삶이 아니라
약함이 강함되는 삶을 삽시다.
부드러움이 오히려 강인한 생명력 되는 삶을 삽시다.

미숙함

I
어느 학교 교장 선생님
언제나 우아한 패션에
60세가 믿기지 않을 만큼
열정적인 삶

그분께 감탄해서 기껏 하는 말이
사실 60세면 할머니이신데
이렇게 멋지게 활동하시니
너무 훌륭하세요.

젊은이들 못지않은
패션과 열정의 삶을 살며
나이 듦을 감추고 싶을 텐데
아, 내 언어사용의 미숙함

Ⅱ

어느 교감 선생님
몸이 아파 보건실에서 잠깐 쉬어도
손님들은 찾아오고 밀린 일은 해야 하기에
힘든 몸을 이끌고 교무실로 들어오신다.

쉬지 못하는 모습이 안쓰러워
기껏 하는 소리가
죄송해요 주무시는데
손님이 와서 일 때문에 나오셨네요.

아무리 안쓰러워 하는 말이라지만
처음 보는 손님 앞에서
낮잠 잤다는 걸 드러내다니
아, 내 언어사용의 미숙함

반값 등록금

반값 등록금을 실현했다는
어느 대학교.

못다 이룬 내 꿈을 이뤄볼까?
음대 대학원 등록금을 알아봤더니

반값 등록금은
대학생만 해당된단다.

아이들이 고등학생
내일 모레 대학생

내 등록금까지 보탤 형편이 안 되어
또다시 밀린 나의 꿈.

꿈은 꿈이라서 꿈인가 보다.
현실이 아니기에 꿈인가 보다.

조언

십 대에는
공부가 해야 할 일의 전부인 양 공부하라!
논리적 사고, 생각하는 힘은 평생을 간다.

이십 대에는
전공분야를 미칠 듯이 연구하고 갈고 닦으라!
실력 없는 사람에게는 기회가 오지 않는다.

삼십 대에는
자녀를 양육하되 너그러이 하라!
자녀를 인정해주고 부모의 의지대로 이끌지 마라.

사십 대에는 건강을 생각하라!
10년 동안 하고 싶은 운동을 꾸준히 하라.
그러면서 직업에서 한 걸음씩 성취를 이루라.

오십 대에는 무엇을 하면 좋을까?
아직도 이루어 놓은 것은 없고
새로운 것을 꿈꾸며 나아가기엔 나이가 만만치 않고

살아온 세월에 대해서는 조언할 수 있으나
살아갈 길에 대해서는 걱정만 앞서는 것이
인생.

얼굴

TV를 보다가
아내가 불쑥 말한다.

눈·코·입·얼굴 다 합쳐봐야
겨우 손바닥만 할 뿐인데

왜 다들
얼굴 예쁜 것에 그렇게들 집착할까?

마음이 예쁜 게 중요하다느니
얼굴만 예쁘다고 여자냐 하지만

연일 터져 나오는
성형수술의 부작용

몸이 천 냥이면 간장이 구백 냥이라는 말이 있다
몸이 천 억이면 얼굴이 구백 억인가 보다

그래서 생긴 말
성형 공화국.

한 여인

먼 베트남에서
한국으로 시집온
한 여인.

결혼한 지 3년에
정 붙일 곳이라곤
아이랑 남편뿐,

의지할 사람 한 명 없이 지내다가
외국인들이 모이는 교회에 와서
처음 등록을 하며

한국말이 서툰 건지
속내를 보이지 싫은 건지
쭈뼛쭈뼛

갓 스물에

아빠보다 더 나이 많은 한국남자와 결혼해
시집온 그녀.

가족도 그립고
고향도 그립고
익숙한 음식도 그립고

커다란 눈망울 너머
말 못할 슬픔을 담은
한 여인.

올해는 누구에게나 처음입니다

올해는
누구에게나 처음입니다.

뉘라서 인생을
다 안다 말하겠습니까?
뉘라서 인생이
쉽다 말하겠습니까?

다소 서투르고 앞이 안 보인다 해도
서툰 몸짓 그대로 뒤뚱거리면서도
앞으로 앞으로 나아갑시다
그게 세상 사는 재미입니다.

올해는
누구에게나 처음이기에
오늘도 실수하고
또 후회하지만

지나 놓고 보면
그때가 좋았지
웃으며 말 할 날이
있겠지요.

천국

천국은 어린아이 같은
순수한 영혼들의 공간입니다.

바람개비 하나로도
어린이는 충분히 행복할 수 있지만

어른들은 바람개비 수천 개를
살 수 있는 돈을 소유하고도

행복하지 못합니다.
갈증을 느낍니다.

어린이는 만나기만 하면
누구나 친구가 될 수 있지만

어른들은 서로 키 재기를 하고
서로 팔씨름을 겨룹니다.

천국은 어린아이 같은 자만이
소유할 수 있습니다.

천국은 죽어서 들어가는 곳이 아니라
이 땅에서 행복을 누리는 자의 것입니다.

선택

행복은 선택이에요.
나에게 일어난 일을
어떻게 받아들일지
내가 하는 선택.

내 선택에 따라
행복이나 불행이
내 속으로 냉큼
달려오지요.

아직도

아직도
되고 싶고
하고 싶은 게 많구나

가수도 되고 싶고
작가도 되고 싶고
성우도 되고 싶고

악기도 배우고 싶고
영화배우도 되고 싶고
카페 사장도 되고 싶고

오페라도 하고 싶고
공연도 하고 싶고
세계여행도 하고 싶고

이 중
한 가지라도
이룰 수 있으면 좋으련만,

아직도
목구멍이 포도청이라
모든 꿈을 접고

그저
직장으로
터벅터벅 걸어간다.

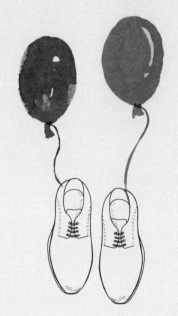

잘산다는 것

두 사람이 있다.
만 명을 먹이는 사람
만 명분을 혼자 누리는 사람

만 명분을
혼자 누리는 사람을
잘산다 하지만

그는 돈이 많을 뿐
잘사는 사람은
결코 아니다.

반면에
자기도 넉넉하진 못하지만
할 수 있는 만큼 나누는 사람

만 명을 먹이는 사람
만 명분을 혼자 누리는 사람
과연 누가 잘사는 사람일까?

왜 우리는 단순히
돈만 많은 사람을
잘산다고 말하는 것일까?

잘산다는 것과
돈이 많은 사람
어느 것이 추구해야 할 삶일까?

콩과 메주

딱딱한 콩
이가 약한 사람이 씹으면 부러지는 콩

냄새나는 메주
딱딱한 콩이 불리고 뭉쳐지고 발효된 메주

인생의 고난과 어려움을 겪으면서
딱딱하고 자신만만했던 마음이

불리고 부드러워져서
비로소 다른 사람과 뭉쳐질 수 있다.

때로는 밑에 깔리기도 하고 눌리기도 하지만
그렇게 어울리고 복닥거리는 게 세상 사는 맛

천상천하 유아독존으로
자존심의 경계선을 만들고 살면

딱딱한 콩과 같이 어디 맘 붙일 데 없이
여기저기 구르기만 한다.

반질반질하고 잘생긴 콩보다
못생겼지만 더불어 살아가는 메주가 되리라.

인생은 가슴 뛰는 선물입니다.
우리 모두는 자신의 인생을 써 나가는 작가들입니다.
희망이라는 친구와 함께 마일마일 써 내려가는 인생을 시로 표현해 보세요.

4부

살 만한

인생

당신의 한마디에

사랑한다는
당신의 한마디에
무한한 행복을 느낍니다.

고생한다는
당신의 한마디에
힘든 줄 모르고 인내합니다.

잘한다는
당신의 한마디에
어깨가 으쓱해지며 용기를 얻습니다.

아름답다는
당신의 한마디에
더 예쁘게 가꾸려고 노력합니다.

피곤하다는
당신의 한마디에
가족을 위한 고생을 짐작하게 됩니다.

고맙다는
당신의 한마디에
온 세상이 밝게 빛나 보입니다.

편하다는
당신의 한마디에
우리가 가꾼 가정이 안식처임을 알게 됩니다.

행복하다는
당신의 한마디에
당신을 위해 내가 존재한다는 자부심을 느낍니다.

당신의 한마디에
나는 활짝 피어나는
꽃이 됩니다.

루푸스

루푸스
자가 면역 결핍증

내 몸의 백혈구가
병균과 싸워서 내 몸을 보호해줘야 하는데

멀쩡한 내 세포를 적군으로 오인하여
공격해서 생기는 병.

아직 40대 중반의
내 친구 부인은

루푸스로 인해 중환자실에서
죽음과 싸우고 있다.

외부의 침입이 아닌
내 몸 내부의 공격자와 싸우고 있다.

오로지 의사표현은 눈 깜빡임뿐
온몸의 신경은 정지되어 있다.

친구가 먹는 사과를
애처로운 눈으로 바라만 보기에

패혈증의 위험을 무릅쓰고
새끼손톱보다도 더 작게 잘라 주었더니

입의 근육을 움직일 힘도 없지만
겨우겨우 오물오물

귀에 들리지도 않게 사각사각 소리를 내며
그렇게 달게 먹더란다.

생명은
고귀한 것

주어진 시간의 끝은 아무도 모르지만
끝까지 힘든 싸움을 싸워나가는 것.

죽음

죽음 앞에서
만나게 되는
세 단계

분노
체념
그리고 받아들임

분노에서 머물다 가는 사람
분노를 넘어 체념을 지나
받아들임으로 편안하게 가는 사람

누구는 세상을 저주하기도 하고
누구는 원망 가운데 욕설을 퍼붓고
누구는 두려움에 사시나무 떨듯 괴로워하고

누구는 종교에 귀의하기도 하고
누구는 어쩔 수 없는 운명을 받아들이며
남은 자들과 화해하고 가기도 하고

태어날 땐
똑같은 모습으로 이 땅에 오지만
각자의 마지막은 모두가 다른 모습들

죽음은
준비된 자들의 향연
잘 준비된 자들의 축제

사람은 왜 아프다가 죽을까?

사람은 왜 아프다가 죽을까?
그것도 몰라?

그동안 살아온 이 땅이 너무 좋기에
그대로 죽으면 너무 아쉽잖아.

아내도 남편도 남겨두고 갈 수 없고
사랑하는 자식들도 눈에 밟히고

그래서 그렇게 오랫동안
아프고 아프다가

더 이상 견딜 수 없게 되었을 때
차라리 죽는 것이 낫다고 여기게 되었을 때

미련 없이 홀홀 떠나려고
아프다 죽는 것이지.

이 땅에 대한 정을
다 떼고 죽는 것이지.

여자

여자들은 아이를 낳으면서
죽을 고비를 여러 번 넘긴다는데

다들 어쩌면 그렇게도
잘 견디고 아이들을 낳을까?

그래서 고통에 대한 참을성이
남자보다 훨씬 강하리라

그래서 죽을 때에도 잘 견디며
남자보다 편하게 임종하지 않을까?

남자들은 해산의 과정 같은 큰 고통은
절대 경험하지 못하고 죽음과 마주칠 테니까

마른 자의 비애

세상은 온통 다이어트 열풍
누군 물만 먹어도 찐다는데
나는 평생 살쪄 보는 게 소원

겨울은 참 좋아
아무리 옷을 껴입어도
외투 하나 걸치면 티가 안 나니까

봄이 되면 좀 난감하지
겉옷이 얇아져서
껴입는 것도 한계가 있어

내복을 두 개 껴입고서야 양복바지를 입고
흰 티셔츠와 반팔티셔츠를 껴입고서야 와이셔츠를 입고
그 위에 봄 양복을 입는다.

그래도 사람들이 놀라며 묻는다.
어디 아팠나요? 왜 이렇게 빠졌어요?
그동안 마른 몸을 숨겨 온 줄도 모르고

그나마 옷으로 가릴 수도 없는
여름은 또 어떻게 견디나
마른 자의 비애

정관수술

아이 둘을 낳고도
정관 수술을 하지 않으면
아내를 사랑하는 것이 아니지

친구 녀석의 말을 듣고
부끄러움을 무릅쓰고
비뇨기과를 갔다.

나는 내 중요한 부위를 다 내놓고 수술 받는데
의사랑 간호사는 하나도 안 벗는군.
당신들도 부끄러운 곳 내놓고 수술하시오!

그래야 공평하지 않겠소?

무식이 때로는 용감하다

TV를 보는데
50대 사회자와 출연자가 서로 대화를 나눈다.

전립선 검사 해 봤어요?
예 해 봤어요!

전 갑상선 검사랑 구분을 못해서 받겠다고 했어요.
둘 다 무슨 선 검사잖아요.

무식이 때로는 용감하다.

이상한 자세로 부끄럽게 검사를 받았죠.
여자 간호사도 다 보고 있고 말이에요.

다시는 안 받고 싶어요.
이런 검사인 줄 알았으면 안 했어요.

무식이 때로는 용감하다.

불면증

잠이 안 오면
억지로 자려고 노력했다.
내일 피곤하면 안 되니까
억지로 잠을 청했다.

그러나 청한다고
잠이 오는 것이 아니었다.
잠도 자기가 오고 싶어야
오는 것이지

뜬눈으로 밤을 꼬박 세우더라도
누워서 잠을 청하며 지새우지는 말자.
잠이 스스로 올 때까지
잠 안 오는 시간을 즐기자.

책도 읽고
음악도 듣고
밀린 일기도 쓰고
생각도 정리하고

잠 안 오는 시간을
잘만 이용하면
불면증도
도구가 될 수 있다.

어른들 말씀

젊어서 자취 생활하며
밥을 제때 못 차려 먹으면
늙어서 고생한단다.

몸 사리지 않고
젊어서 치열하게 살아온 덕에
이렇게 뒤탈이 일찍 나는구나.

술에는 장사가 없다.
몸은 무쇠가 아니다.
어른들 말씀이 틀린 게 없다.

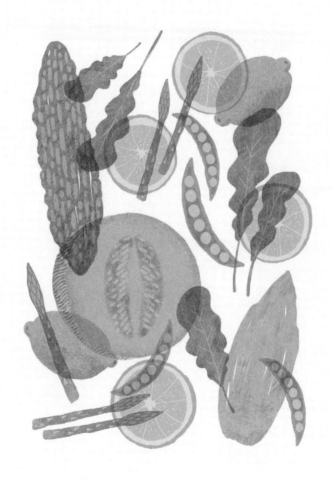

작은 선물

젊은 시절에는
몸 생각하지 않고 아무렇게나 살았다.

이틀 밤을 새우며 일한 적도 있고
밤새워 술을 마시기도 했다.

어느덧 다가온 중년
하나둘씩 몸이 힘들어하는 걸 느끼고

비로소 내 몸의 장기들과
마음의 대화를 했다.

신장아 그동안 참 수고 많았다.
내 몸의 노폐물들을 참 잘 걸러주었구나.

심장아 단 한순간이라도 네가 뛰지 않았으면
나는 존재할 수 없었구나.

단 한 시간만이라도 장기들이 움직이지 않으면
나는 이미 이 세상 사람이 아니었구나.

내 관심을 못 받아도
성실히 일한 친구들이구나.

조용히 두 팔을 벌려
내 온몸을 감싸 안아 주었다.

평생토록 힘들게 수고한
내 몸에 주는 작은 선물이었다.

마음 따뜻한 당신

하반신 마비로
재활병원에 누워있는 한 청년,

소원이 무엇이냐고 물어보자
옆 침대의 젊은이를 바라본다.

나도 사고로 장애인이 되었지만
내 옆에 누워 있는 더 딱한 이 젊은이를 돕고 싶어요.

나는 하반신 마비지만
그 사람은 전신마비거든요.

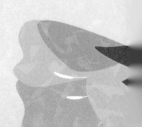

나는 직장에서 산재처리가 되었지만
그 사람은 아무 보상도 못 받거든요.

나는 가족이 와서 돌봐주지만
그 사람은 아내가 도망갔거든요.

아,
마음 따뜻한 당신.

영어일기

운동을 하다 사고로
목 아래가 마비된 젊은이.

힘든 재활훈련을 해 나가며
입에 볼펜을 물고

자판을 한 자 한 자 눌러가며
영어일기를 써 내려간다.

학창시절 유도선수 생활을 하느라
공부할 시간도 없었을 텐데,

미국 유학을 다녀온 내가 보기에도
별로 흠잡을 데가 없는 문장들.

영어일기를 읽어나가다
마지막 한 문장에 눈길이 머물렀다.

I am happy
I am really happy.

어느새

눈이 침침해져서
안과에 갔더니 노안이라고 한다.

치아건강은 타고 났다고 했는데
하나하나 황금 이빨이 끼워지고 있다.

머리엔 흰 머리가 하나둘 생기고
염색을 안 하면 보기 싫을 지경이다.

운동이라도 하려고 헬스장에 갔더니
마지막 기회로 생각하고 열심히 하십시오.

어느새
나도 노인이 되었구나!

그걸로 다행입니다.

살아가면서
가끔은 낙심이 될 때가 있습니다.

열심히 일했는데도
수고를 인정받지 못하면
마치 열심히 공부했는데도
성적이 제대로 나오지 않은 아이처럼
낙심이 되기도 합니다.

가장의 역할을 다하느라
한평생 앞만 보고 달려왔는데도
문득 뒤를 돌아보면
어느덧 자식들과 어색해져 있을 때
낙심이 되기도 합니다.

남들에게 모진 소리 한번 못하고
늘 손해만 보고 살아왔는데
좋은 날 누려보기도 전에
어느덧 흰 머리에 노안이 되니
낙심이 되기도 합니다.

그러나
다행입니다.

비록
남이 나를 알아주지 않아도
내가 알고
하늘이 아니
그걸로 다행입니다.

비록
자식들이 알아주지 않아도
그동안 뿌린 땀방울로
이만큼이나 자랐으니
그걸로 다행입니다.

덜컥 흰 머리와 노안이라는
세월의 훈장을 얻었지만
살아갈 날들보다 살아온 날들이 많았으니
이제부터는 덤으로 사는 인생
그걸로 다행입니다.

문득문득

문득문득
나는 남들보다
불행하다고 느끼며
행복을 찾아다니는가?

행복은
찾아가는 것이 아니라
하나하나
만들어 가는 것.

행복을 찾아다니는
공허한 인생이 아니라
행복을 만들어가는
공교한 인생이 되길.

181

살 만한 인생

인생은
기쁨과 슬픔과 감사와 원망의
종합선물세트.

인생이라는 선물 중에서
유독 기쁨과 감사만
많이 가지고 싶은가?

영원히 행복한 사람 없고
영원히 불행한 사람 없듯
인생은 희로애락의 종합선물세트.

기쁨과 슬픔을 잘 반죽하고
감사와 원망을 잘 반죽하여
인생이라는 명작을 빚어보자.

기쁨을 조금 더 빚고
슬픔을 조금 덜 빚으면
내 인생이 유쾌하리라.

감사를 조금 더 빚고
원망을 조금 덜 빚으면
내 인생이 밝아지리라.

기쁨을 반죽하고
감사를 빚어가면
뒤돌아보았을 때,

그래도
살 만한 인생이었다고
말할 수 있으리라.

살다보면 삶이 그대를 속일 때가 있지만 그럼에도 불구하고 인생은 살 만한 것이라고 믿습니다. 그 이야기를 담담한 필체로 종이에 고백해 보세요.

멋진 시

멋진 시를 쓰고 싶었다.

교과서에 나올만한 시를
명언 집에 실릴만한 시를
인생의 아름다움을 노래하는 시를
내가 이 땅을 떠나가고 나서도 영원히 남을 시를,

그러나 한 줄 한 줄 쓰다 보니
헛된 내 욕심만 보이고
쓰면 쓸수록
시를 어지럽히고 있었다.

욕심내지 말 것.
마음을 비울 것.
꼭 필요한 것만 남기고
나머지는 버릴 것.

내가
시를 쓰는 것이 아니라
시가
나를 가르치고 있었다.

일상의 사랑, 일상의 슬픔
가장 소중한 사람들을 돌아보게 하는 시집

| 권선복
도서출판 행복에너지 대표이사

일상의 삶이 가끔은 우리를 행복하게도, 슬프게도, 괴롭게도 만들지만, 이 시대 가장들은 그 작은 일상을 위해 많은 것을 감내합니다. 유동효 시인의 시집『아내가 생머리를 잘랐습니다』속에는 이 모든 것들에 대한 단상이 들어있습니다. 특히나 생머리라는 단어를 듣는 순간 남자들의 마음은 기억 저편으로부터 참으로 아련해집니다.

남자들의 가슴 속에는 저마다 정체를 알 수 없는 생머리 여인이 한 명씩 자리 잡고 있다고나 할까요? 그 원형적 모호한 기억 속에 형체를 불어넣어주는 대상이 바로 사랑으로 구체화된 여인이고 아내일 것입니다. 그런데 나의 온 마음과 온 기억을 지배하는 대상이 암에 걸려 생명의 위험에 처했을 때 시인의 마음이란….

바로 그 사랑하는 아내와 일군 가족을 위해 시인은 참으로 많은 것들을 포기하고 사랑으로 품어 왔습니다. 음악대학원에 가서 어린 시절 못다 이룬 공부를 더 하고 싶은 소망도, 바라던 미국유학 길도….

우리 시대 가장들에게도 꿈이 있었습니다. 묵묵히 가족을 위해 앞만 보며 걸어왔지만, 가보지 못한 길은The Road not Taken은 시인 프로스트R. Frost에게만 있었던 것이 아닙니다. 우리 시대 가장들에게는 가보지 못한 길이 있습니다.

이 시집을 읽다 보면 유난히 입이 없어 보이는 유동효 시인의 모습을 상상합니다. 입이 없이 묵묵히 사랑하는 가족과 세상을 품어주는 두 팔, 그리고 따뜻한 가슴만 있는 남자. 그러나 손이라도 있었기에 소탈하고 진심어린 시를 써내려가 세상을 따뜻하게 해주나 봅니다.

이 시집과 함께 하시는 독자들에게도 유동효 시인의 따스한 가슴과 가족에 대한 애정이 함께 전해지길 바랍니다. 세상을 지탱하는 우리들 행복의 마지막 보루가 이 시집을 통해 더욱 견고해지기를 기원합니다. 아울러 독자 여러분들의 가정에도 사랑과 행복에 넘쳐흐르기를 기원합니다.

맛있는 삶의 사찰기행

이경서 지음 | 값 20,000원

이 책은 저자가 불교에 대한 지식을 배우길 원하여 108사찰 순례를 계획한 뒤 실행에 옮긴 결과물이다. 전국의 명찰들을 돌면서 각 절에 대한 자세한 소개와 더불어 중간중간 불교의 교리나 교훈 등도 자연스럽게 소개하고 있다. 절마다 얽힌 사연도 재미있을 뿐 아니라 초보자에게 생소한 불교 용어들도 꼼꼼히 설명되어 있어 불교를 아는 사람, 모르는 사람 모두에게 쉽게 읽힌다. 또한 색색의 아름다운 사진들은 이미 그 장소에 가 있는 것만 같은 즐거움을 줄 것이다.

스마트폰 100배 활용하기

박대영, 양지웅, 박철우, 박서윤 지음 | 값 25,000원

이 책 『스마트폰 100배 활용하기』는 '4차 산업혁명의 첨병'인 스마트폰을 단시간 내에 이해하여 실생활에서 가장 효과적으로 다룰 수 있도록 스마트폰의 기본적인 기능, 사용 방법과 함께 실제 많이 사용되는 스마트폰 앱(App)의 종류와 앱의 사용 방법을 소개하고 있다. 특히 실질적으로 스마트폰이 필요한 분야별로 내용을 나누어 유용한 앱들을 풍부한 사진과 함께 소개함으로써 입문자들의 활용서로도 큰 도움이 될 것이다..

말랑말랑학교

착한재벌샘정(이영미) 지음 | 값 15,000원

중고등학교 과학 교사로 일해 온 저자의 솔직담백한 인생 가꾸기 교과서. 저자는 어린 학생들뿐만이 아니라 어른이 되어서도 삶에 힘겨워하는 모든 사람에게 자존감을 키워주고 싶어 이 책을 쓰게 되었다고 말한다. 누구나 상처가 있지만 그 상처를 극복하고 예쁜 나비가 될 수 있음을, 그러한 '변화'를 통해 삶을 긍정적으로 가꾸어 나가기를 바라며, 저자가 콕콕 짚어주는 인생의 문제와 그것들을 다루는 '말랑말랑'한 방법들을 보다보면 당신의 마음도 어느새 번데기에서 나비로 변화되어 있을 것이다.

기차에서 핀 수채화

박석민 지음 | 값 15,000원

우리가 몰랐던 국내의 다양하고 매력적인 기차역들과 주변 볼거리, 먹거리들을 만난다! 철길 인생 35년째인 저자가 펼치는 기차에 관한 다양한 역사와 흥미로운 이야기들. 기차 여행을 통해 국내의 매혹적인 관광지를 둘러보고 싶은 독자, 각 역에 얽힌 역사가 궁금한 독자가 있다면, 서슴없이 이 책을 강력히 추천한다. 저자의 기차 사랑이 듬뿍 느껴지는 책과 함께 숨겨진 보물들을 방문하다 보면 당신의 마음도 푸근함으로 가득 차게 될 것이다. 저자의 딸이 그린 아름다운 삽화 역시 가슴을 울린다.

펭귄 날다 - 미투에서 평등까지

송문희 지음 | 값 15,000원

전 세계를 휩쓸고 있는 미투 운동. 이제 우리나라도 예외가 아니다. 하루가 멀다 하고 밝혀지는 성추문과 스캔들. 그동안 묵인되어 왔던 성차별이 속속들이 온오프라인을 뒤덮으며 '여성들의 목소리'가 마침내 수면 위로 떠올랐다. 이 책을 통해 저자는 사회 곳곳에 만연했지만 우리가 애써 무시하던 문제를 속속들이 파헤친다. 그리고 미투 운동이 나아가야 할 방향을 제시하며 미투 운동에 긍정의 지지를 보낸다. 날카롭고도 경쾌한 필치의 글을 읽다보면 당신도 페미니즘을 이해하게 될 것이다.

죽기 전에 내 책 쓰기

김도운 지음 | 값 15,000원

언론인 출신의 저자는 수도 없이 많은 글을 쓰던 중 자신의 책을 발행하고 싶다는 생각을 갖고 2008년 어렵사리 첫 책을 낸 후 지금까지 꽤 여러 권의 책을 발행했다. 그러다보니 자연스럽게 축적된 노하우를 대중에게 공유해야겠다는 생각으로 이 책을 집필했다. 이 책 속 실용적인 노하우를 통해 독자들은 책을 써야 하는 이유, 자료를 수집하는 방법, 자료를 정리하는 방법, 집필하는 방법, 출판사와 계약하는 방법, 마케팅하는 방법 등을 알 수 있을 것이다.

하루 5분, 나를 바꾸는 긍정훈련

행복에너지

**'긍정훈련' 당신의 삶을
행복으로 인도할
최고의, 최후의 '멘토'**

'행복에너지
권선복 대표이사'가 전하는
행복과 긍정의 에너지,
그 삶의 이야기!

인터파크
자기계발 분야 주간
베스트 1위

권선복 지음 | 15,000원

권선복

도서출판 행복에너지 대표
영상고등학교 운영위원장
대통령직속 지역발전위원회
문화복지 전문위원
새마을문고 서울시 강서구 회장
전) 팔팔컴퓨터 전산학원장
전) 강서구의회(도시건설위원장)
아주대학교 공공정책대학원 졸업
충남 논산 출생

책 『하루 5분, 나를 바꾸는 긍정훈련 - 행복에너지』는 '긍정훈련' 과정을 통해 삶을 업그레이드하고 행복을 찾아 나설 것을 독자에게 독려한다.

긍정훈련 과정은 [예행연습] [워밍업] [실전] [강화] [숨고르기] [마무리] 등 총 6단계로 나뉘어 각 단계별 사례를 바탕으로 독자 스스로가 느끼고 배운 것을 직접 실천할 수 있게 하는 데 그 목적을 두고 있다.

그동안 우리가 숱하게 '긍정하는 방법'에 대해 배워왔으면서도 정작 삶에 적용시키지 못했던 것은, 머리로만 이해하고 실천으로는 옮기지 않았기 때문이다. 이제 삶을 행복하고 아름답게 가꿀 긍정과의 여정, 그 시작을 책과 함께해 보자.